文化生活叢書・藝文采風 1306036

世新新詩葉

蕭蕭・李榮榮　主編
陳重樺　編輯

推薦序

周玉山

蕭蕭老師本名水順，是我的大學學長，他在文學院，我在法學院，分享輔仁絕美的校景，共沐自由的學風。畢業後，他就讀臺灣師大國文研究所，我進入政治大學東亞研究所，領域再度不同，但因不能忘情於文學，我始終是他的讀者，五十年的仰望，化爲多重的敬意。

蕭老師是臺灣文學界的聖人，在道德上無懈可擊，在學問上勇猛精進，至今寫了八十部書，令我追趕不及。他又是慈父般的老師，在許多學校享有盛譽。因此，我承乏世新大學中文系的系務後，立刻邀請他講授現代文學，吳永乾校長更禮聘爲兼任客座教授。唯其實至，所以名歸。我不安的是，八十部書的作者，教新鮮人創作，會不會委屈了？

這位聖人顯然未思及此，只見教學愉快，弟子景從。他捐出了鐘點費，爲班上的同學出版了這本新詩集，留下長遠的記憶。我曾寫〈新鮮人備忘〉，勉以「大學四要」：一、一張如期的畢業證書，二、一份漂亮的成績單，三、一袋用功的報告，四、一本青春的相簿。如今，蕭老師把同學用功的報告，變成一本書，列在老牌的《國文天地》門下，我和年輕的作者群同表感激。

閱讀是靈魂的壯遊，寫作是生命的印記。舉世聞名的哈佛大學，規定全校必修寫作課，是有道理的。寫作的最佳鼓勵，就是發表和出版。《世新新詩葉》由蕭老師命名，說明他對本校的厚愛。我想起杜甫的名句：「晚有弟子傳芬芳。」這樣的善緣，我何等珍惜！

細讀同學的作品，深感教育的效果。教就是效，也就是上施下效。育就是養，原指養子使作善也。合而言之，教育就是教化培育。這本詩集展現了蕭老師的功力，開發了同學的潛能，一年以還多能提筆，書寫生活與生命，因此沒有留白。徐志摩先生正式發表作品時，已經二十四歲。我期待，蕭老師的弟子中，能出現將來的徐先生，豐盈二十一世紀的臺灣文學史，獲得他的欣然一笑。

世新大學中國文學系主任
周玉山謹誌

目次

王洛琳詩選

詩是一連串對生活的體悟，
或是對生命的理解。
你可能從詩中獲得更多，
也可能終於明白自己失去了什麼。

王洛琳
公共關係暨廣告學系

媽媽的手

白白的　是略帶蒼白的顏色
皺皺的　是泡水太久的痕跡
香香的　是廁所芳香劑的味道
啊　這就是媽媽的手啊

心痛

有時，心痛只是一種氣味，你和她曖昧
的氣味
有時，心痛只是一種聲音，你和她笑鬧
的聲音
有時，心痛只是一種畫面，你和她牽手
的畫面
有時，心痛只是一種味道，你和她甜蜜
的味道
有時，心痛只是一種不甘心的表現
「爲什麼不是我？」

愛情

心動，只不過心弦爲你少跳一拍
心痛，只不過心弦爲你斷了一條
愛情只不過是如此罷了……

王祐晶詩選

詩是最難創作出的一種作品，依我來說，我並不是一個完全沒有作文底子的人，寫長文能用很多詞彙來疊加對事物的描述，但詩是需要找出最適合的形容詞來描寫避免文章拖太長。此外我認為，詩是所有文學作品中最曖昧的呈現方式，以余光中的〈等你在雨中〉舉例，「等你，在雨中」特殊的斷句，更讓讀者能夠進入詩的情境。所以我對詩的看法，就是它是一個浪漫的代表物，正因為沒有長篇大論的贅述，更能體會作者營造出的氛圍，一點就通。

王祐晶
新聞學系

熱茶

八歲的我，怎麼可能聽大人的話喝下
燙口的熱茶，連忙去冷凍庫抓了一把冰
塊丟進杯中，伴隨著無奈的狠瞪一飲而
盡，原來叛逆的滋味，是那麼的暢快
無比。
十八歲了，我接過長輩泡給我那杯冒著
煙的熱茶，我緊握杯身直到手掌感覺
變溫，再小口地品嘗，咀嚼不成形的香
氣，原來被逼著長大的不甘，能這樣
沖淡。

但我愛你

我恨雨整夜連下，
我恨鐵樹不開花，
我恨烏鴉不說情話，
我恨現實不像童話，
但我愛你。

熱奶茶

少年想向心儀的女孩告白，同學教他要搞個盛大的排場並送上鮮花，但少年沒有那麼多時間和金錢佈置，他拿著所有零用錢去市集，發現好看的花束都太貴，只好返回，但他在回程途中買了杯熱奶茶，

他滿懷愧疚地遞給女孩，在寒冷的冬天，女孩接過熱奶茶，微微一笑，洋溢在臉上的笑容，就跟手中奶茶一樣甜。

多年後，丈夫辛苦談了大筆生意回到家中，妻子迎門就撒嬌著想喝熱奶茶，即使疲憊不已，仍二話不說燒水泡給她喝，因爲他知道，如果當初沒有那一杯熱奶茶，他也不會有如今這樣甜蜜的負擔。

王健動詩選

王健動
廣播電視電影學系

心，追尋自我，療傷，心情輪迴。

生活

沒有內容
唯一僅存的 在城市裡
白描的藍天
可以引起波動的內容
那不是「空」
是「有」的極致

眼淚

小時候
眼淚是糖果、星星、珍藏
長大後
眼淚是惱人的流蘇
他們總嫌棄的拿白刃割掉

成長

我從山洞口穿梭穿梭
越過的不是土木是時光長廊
自踏入的那一刹
已行至一半渾然未覺

王唯安詩選

每首詩都是不同情緒的沉澱，我賦予了
它生命力，需要細細品味、慢慢體會。

王唯安
新聞學系

倒數

——倒數看似平常，但不一樣的倒數
卻各自抒發著截然不同的心情。

有些倒數
是準備迎接喜悅而生
有些倒數
則是爲了與生命所剩不多的日子道別

容量

——學會放下才能有新的容量去重整思緒。

垃圾桶裡
總有那些吃不完的用不到的
是環境衛生的大功臣
還有那些不願再提起的不願再回憶的
是所有情緒的出口

需要大一點的容量
全都一起打包
帶走

這一時我穿過山洞口

——穿過具有代表性的山洞口，有緊張、有期待，踏入人生新的里程碑。

這一時，
我穿過山洞口，
逐漸加快的心跳是興奮和期待交織而成
期待的心覆蓋了所有緊張
期待的心囊括了所有美好的想像

將要在這裡揮灑四年的青春
實踐最初的夢想

直到穿上學士服的那一天來臨
所有的酸甜苦辣都將寫進這本回憶裡

王淇丞詩選

萬物變遷，太快，眼中過去式，搜集文字，現實寫照，字字如劍。

王淇丞
觀光學系

風城

風塵僕僕九降風，
入蜿蜒丘陵往竹塹社推移，
宅裡玻璃瑟瑟作響，
穿梭每棟建築縫隙，
風嘯聲演奏搖滾曲，
風城回憶不斷在腦中響起。

基隆路

紅色血液堵塞在基隆路上，
綠燈一個接一個從我眼前經過，
而我卻還停留原地，
每個歸心似箭的人齊聚一堂，
卻被彼此阻擋，
茫茫車流，大海似的流向遠方。

美好的早晨

聽著路上車輛的喧嘩，
戴著耳機，
享受著流行音樂，
漫步在大街小巷中，
此時此刻來到熟悉的地方，
點了一杯熟悉的拿鐵，
配上一口美味糕點，
此時此刻來到夢中的仙境，
拋下了腦中的煩惱，
哪裡不是世外桃源？

王聖博詩選

所有的事，都循著點線面的法則運作著。

王聖博
資訊管理學系

春，萌芽

初放芽的綠，是柔嫩的喜悅
希望的象徵
新鮮，也跟著湧上心頭

悲傷也隨著冬雪逐漸融化，消失

抬起頭吧！
春，是暖，是愛的季節

光與影

我們皆在光與影中穿行
若不想看見影，便面向著光前行
但影不會因此不見他而消失
他會在你身後越拖越長

他是
永恆的對立與永生

如未來
是自己在各種偶然性中不斷選擇的結果

疫情——COVID-19嚴重特殊傳染性肺炎

病毒，這不請自來的演員
攪亂了導演精心安策劃好的劇情

但導演呢？怎麼不說話？
不速之客的逆襲到來
男女演員們也漸漸失去了耐心

或許是導演故意安插的玩笑戲碼
我們要看好這齣戲順利安好

秋思

街道滿地枯黃的落葉
夕陽西下，帶著沉鬱的色調
徐徐微風中帶有些寒意，和一些憂鬱
秋，靜靜地來了

昔日沉重的往事也漸漸浮現出
我，沉思

入學——進入世新大學山洞口之感想

時光飛逝，轉眼間來到了十九歲那年的夏日
離開了家鄉，來到了陌生的臺北

還在求學階段的我，來到了世新
在於地理位置不錯的環境
打破了人來人往的科技城市的看法

進入，長長的光影隧道中
情緒開始，開心？緊張？

慢慢，投入了翠谷的懷抱中，

不斷找尋自我

世新，未來四年

還請多指教

附記

一、世新大學，是一所位於臺北市文山區的私立綜合大學，前身為一九五六年由成舍我創辦的「世界新聞職業學校」，歷經多次改制而成。校訓為：德智兼修手腦並用

二、世新山洞口：一一六　臺北市文山區木柵路一段十七巷一號。

三、翠谷，世新大學之別稱。

吳彥漩詩選

留白，是為了有時間沉思。

吳彥漩
英語暨傳播應用學系

幻想

網路上充滿了幻想
是你所希望幻想的樣子
就如同遊戲捏造的角色
但是
終究只是網路和遊戲
是二進位組成的一串編碼

說謊

我不會說謊
夢是紫色
夢是自由
夢是呼喚

我不會說謊
但我的夢會

我的呼吸會把夢折疊
我的呼吸會把我說的謊
折疊

變成現實的形狀
變成
我說的謊

態度

在一個無聲的午後
風鈴一動也不動
黃昏的窗前
我看見一列螞蟻
正在接力運送一具蟻屍
如無聲的送葬隊伍

也許螞蟻只是如實對待活的和死的
不像我們
對待死的，如對待活的
對待活的，如對待死的

吳煜軒詩選

我平時在生活中很少去去欣賞詩甚至作詩，但最近每當遇到一篇詩我都會停下動作，將每字每句吸收，反思我的生活，融入自己的心境，往往都能帶給我強大的力量或靈感。

這段時間的創作，更讓我關心周遭事物、認識自己的內心。

吳煜軒
廣播電視電影學系

輕輕

你說你不喜歡太重的外套
我 把我的外套脫掉
和你一起賽跑
輕輕的跑呀跑呀跑
我喜歡你用手摸我的臉
讓我的眼睛在你手裡
輕輕眨呀眨
睫毛刷過你身體上面

北漂

蝸居的蟹
爲了長大
在他人的籬下
寄放自己
但有些人已經
不再長大，卻也反覆
背著不同的殼
來來去去
才發現並不是家

遊走

在雨滴的距離中
於樹影的陽光間
於城市的小巷裡
觀察，完整的世界
探索，不完整的我
拼湊人生

李沂庭詩選

在日子裡找詩，詩裡過日子；在詩裡藏愛，用愛為你作首詩。

李沂庭
廣播電視電影學系

雙唇音

喜歡
用你的名字稱呼你
每一次
上下唇瓣觸碰彼此
都像是在
親吻你的名字

囚牢

我問你
愛
是不是一種罪行
你要是點頭
我就只能自首

雨停

我並沒有
從那場雨裡走出來
是雨
後來停了

睏

之一

我睏得像
沒對焦的相機
發射失敗的宇宙飛船
電量低迷的掃地機器人
掉渣的小熊餅乾
疲軟的原味洋芋片
粘在鍋邊的煎荷包蛋

晚安

之二

工作日的早晨
我看見
一個哈欠
走出他房門

之三

已經太晚了
睏得我在這場愛裡睜不開眼睛

給老菸槍

我想把我的頭髮點燃
然後交給你

請你像
抽掉一支煙那樣
抽掉我

想你時

想你時
像患了低血糖
四肢是暈的
靈魂都在踉蹌

價值觀

咖啡店員拉的花
外送員無心呵護

沒關係

大家都會突然的不開心
就像肚子會突然餓
眼皮會突然很重很睏
海會突然漲潮又退潮
雲會突然哭泣
打濕我

李品萱詩選

少女的心事要變成果味的詩，
趁賞味期限靠近前，偷偷浪漫。
不問理由，只是恰好風過樹梢，
恰好正當年少。

李品萱
新聞學系

詞不達意

少年人的情話不是情話，
是恰好買一贈一的熱牛奶，
是昨晚夢到世界也夢到你，
是一籃草莓最美的會送你，
有些事會橫越千里迢迢，不用去找，
少年人的愛，是熾熱直白的信號。

守護靈

不要失眠。
有一棵神樹、一群精靈，
守護你的夜、洗淨苦澀的夢境，
不要失望。
伯牙會遇子期；空谷會給回音，
不會永遠無人問津。

退休金的騙局

一身戎馬，贏不得一世英名。
一生庸碌，換不到一句廉清。
一肚水墨，育不了一片桃李。
隻言片語，怎寫得盡心酸不平，
閒言閒語，人說你只爲退休金。

Diving

迷航，
揉碎夜的光，海上沒有月亮，我找不到
你航向。

迫降，
折斷風的翅膀，天空沒有太陽，我找不
到你方向。

失望，
你曾光顧的地方，空有一道高牆，壟斷
我所有去向。

寫你

想寄一封信給你，倒著寫，從此時流
回相遇
寫陽光四溢的並肩而行，
像阿波羅的觸及
寫側耳低語的關心叮嚀，
像塞勒涅的贈禮
你像一粒火種，熱起我整片土地
如果可以，那我不寫結局

你知道的，我永遠
不會停止，走向你

狗不懂他名

露宿街頭的第十一夜，我參不透，
爲何那扇門的緊閉、爲何人的嫌棄。

沒了綿軟懷抱的第十一夜，我不習慣，
爲何夏日還會冷冰、爲何找不到棲地。
被奪走姓名，只剩「流浪」代替。

第十二夜，
何謂流浪、爲何流浪，
直到世界就離我而去，
我始終不明。

附記

十二夜含義來自電影《十二夜》，爲流浪狗紀錄片，紀錄流浪狗在動物收容所等待安樂死的十二天。

討厭

討厭實在是太單純的事了，
就像排骨湯裡的紅蘿蔔，
或煎魚排裡挑不完的刺。

討厭啊像極了
春天的過敏、夏日的蚊蟲
秋時的凋謝、冬夜的寒風

討厭那便是
一件事一個人在世俗裡的相貌
不再重要了。

因爲無論演變，我仍會不忘初衷的，
討厭。

這一時，我穿過山洞口

這一時，我穿過山洞口。

向翠谷的春天討一抹斜陽，
向大樹上知了問一箱蟬鳴，
向走廊間秋風借一絲涼爽，
向山裡的冬意尋一縷梅香，

要向四季找這一些風光，
好在重逢時和你講述光陰裡我們錯漏的
時光。

李品霖詩選

李品霖
資訊管理學系

心情的抒發，讓文字自由的遊走。

玩具火車

想偏離軌道
和所謂的正軌分道揚鑣
走上內心渴望的岔路
卻只能
一路沿著被設定好的人生軌道行走

醒

沉迷於戲劇和遊戲中
我，不是我
是戲劇裡的女主角，遊戲裡的玩家
身後沒了重擔 沒了煩惱
沒了在現實生活裡，緊追在我身後的待
辦事項
當我從戲劇和遊戲中醒來
我，又成爲了我
現實像海浪一般把我打回岸上
是啊 是該清醒了
身上的海水重的像是在提醒我

身上背負的重任
是啊 是該清醒了

成長

那些難熬的時刻裡
唯有忍耐 再忍耐一番
用最孤獨的時光塑造出最好的自己
然後才能笑著向旁人訴說那雲淡風輕的
過去

防空洞

有什麼地方 可以讓我逃避
這個必須一直努力的世界
有什麼地方 可以讓我躲藏
免於遭受逃避帶來的焦慮
有什麼地方 可以讓我喘息
待我養足體力 再前去和世界對弈

開花

春天如約而至
是時候把煩惱丟掉　撫平身上的傷
在撕裂處撒下種子　待她長出鮮花
飄來花香

李榮縈詩選

詩，把失去變成一種美。
把字變成一句句的情話。

李榮縈
新聞學系

暱稱

三個字、兩個字
一個字的距離
換算成多少心的距離

雨中

你是粉色的
你的傘是藍色的
天空是灰色的
在你一旁的我
臉是粉色的

雨第一次下
小小的藍色天空
畫出粉色與灰色的界線

雨一直下
我喜歡你
喜歡你抱怨我撐傘的不專業
喜歡我們之間的笑罵
喜歡我們之間聽得見的粉色

雨一直下
我喜歡你
但是這片藍天變得好安靜
我們之間沒了笑也沒有罵
只剩下安靜的灰色

雨停下
我不在那片藍天下

你的眼眶是粉色的
你的話語是灰色的

如果雨一直下
灰色的是不是就只會是天空
不是你

雨沒有停下
它只是換了個地方
下在我灰色的心上

單戀

喜歡
如梅雨季的雨

而你卻打起一把傘
雨下在傘外 被你拒之門外
即使僥倖落到你
也只是厭煩而已

傘

我嫉妒你手裡的傘
嫉妒它靠得比我更近
嫉妒它可以佔有你的天空
嫉妒它是你願意握住的手

原本握住傘的手是我
原本那把傘是我

我嫉妒
那把傘

漁夫的心

漁線上掛著一顆心
大海中只有一條魚
魚兒咬上了他的心
拉拉扯扯　轟轟烈烈
直到她離去

漁線上不再懸著心
大海中游來好多魚
魚兒們咬不上那絲線
她們不知道
他的心早已隨著她離去

孤獨

一切都安靜得吵雜
空氣呢喃
與我對話

一切都空虛得擁擠
牆壁相靠
與我相視
我是這家中唯一的傢俱

曾經

天曾經亮過
你曾在窗邊對我笑過
天曾經灰過
你曾在我屋簷下躲過
天曾經暗過
你曾在我懷裏度過
但最後
也都只是曾經掠過

距離

我們之間
是列車與月台之間

上一秒我們只隔列車與月台之間
下一秒我們隔了列車與月台之間

原本只有一條線的距離
後來畫了一條線的距離

間隙的線
路線圖的線

畫出我們之間的距離的線

阮浚源詩選

詩，本來就是一種小眾文學，它的世界
就是詩人專屬的，你喜歡怎麼寫那你就
怎麼寫，你愛說它是詩那它就是詩。

阮浚源
資訊管理學系

愛情

披上糖衣的愛情
能青春每一個人
能繽紛每一個冬天

褪下糖衣的愛情
能枯萎每一個人
能黑白每一個春天

旅者

一滴苦澀棲息在你早已乾涸的眼井
一絲想念奔流於你崎嶇險峻的心谷
別停步
夜晚已離出另一個世界
別抬頭
月光溶出了戀人倩影
純粹如殘冬的最後一道冰稜
跫音穿透那遠方的
光之盲點
響在蜿蜒的風中
低沉的鳴聲

冬

褪色的小草殘留著一頭白霜
落葉的枯樹只剩一個空鳥巢
颯颯的北風從臉頰旁邊吹過
陰暗的天空不知飄著多少雲
繁忙的路上車輛依舊在穿梭
喜氣的屋前張貼著紅色春聯
靜謐夜裡我在夢中看到了雪

林艾萱詩選

短詩，使我們心靜。描塑出心中所訴，
繪畫出燦爛人生。

林艾萱
英語暨傳播應用學系

溫度

一杯水的溫度
是我與你剛剛好的關係
兩隻手的溫度
是我們邁向對方的第一步
三句話的溫度
是我們牽起手的未來世
四季春的溫度
是我們邁向永恆不變的一生

側臉

風輕輕的吹拂著青草
陽光綻放光芒
你氣喘吁吁的跑在路中央
剎那之間
你紅通通的側臉烙印在我的心上
啊唉　啊唉
那就是愛情來了吧

觸電

那年
第一次與你相見的瞬間
第一眼腺上激素的變化
天空瞬間凝結
花草瞬間綻放
心跳加速的節奏
年少青華的純情
貌似所有的所有都在為我們歡笑
啊 那就是愛情吧
啊 那就是愛情吧
我們兩小無猜
感受那溫柔的觸電

林奕廷詩選

短詩，可使人平靜，使人思索。
探索自然、體會人心，
詩的存在使人們自在。

林奕廷
日本語文學系

東京物語

今天遊走東京
發現了人們的生活日常
車水馬龍的都市
三千萬人口
充滿著各式各樣的物語

櫻之戀

那天　我與你
在櫻花綻放的公園相遇
想必是　上天給我們的邂逅
花與遠方的喜悅

時空壓縮

人們的通訊時間
隨著科技發達
越來越短
彷彿時空壓縮

林威成詩選

新詩，享受自然，放鬆心情，活在當下的美好。

林威成
行政管理學系

沒有名字的身分證

也許
我們就該被遺忘
也許
不該擁有屬於自己的名字
也許
我們永遠都得使用那
不是我們族語的語言

靜

平靜是一種無聲的力量
和他適時的共處你會獲得更大的能量在
這個紛亂混亂的世界裡
你需要的是　深深一呼吸

獻禮

濃密的樹叢間
灑下一道耀眼　柔和的耶穌光
溫暖　舒服　放鬆
林間的空氣清新

色彩斑斕的蝴蝶四處飛舞
蟲鳴鳥叫宛如置身世外桃源
這是大自然給人類最好的獻禮

林嘉欣詩選

水一開始燒開，是沸騰的叫，也會有水蒸氣小氣泡不停地升騰，但冷卻或靜置一段時間之後就會慢慢沉浸下來了。詩，生活中很多不起眼的東西，也都可以用這種方式把他形容得與眾不同，擁有自己的風格。

林嘉欣
經濟學系

雨天

今天的天空灰灰的
我能感受到
老天爺好像有點不開心
慢慢的　他吐露了一點點委屈

未曾說出口的話

我們從小一起長大
有著共同的習慣
共同的背景
共同的成長故事
我們在對方心中都有著很重要的位置
我知道你也有著跟我一樣的秘密
是我們都沒有勇氣說出來的秘密
誰也不願意越過友情這條界線

筆

脫去我的衣帽
你會發現　我的軀殼直而細長
外表看似堅強　實則內心脆弱
經不起旅途上的磕磕碰碰
不要只把注意力放在我的外表
也請關心我脆弱的內心
雖然藏的很深　很難發覺
但卻至關重要

金詠心詩選

發自內心，平淡平庸，讓人身心舒暢。

金詠心
觀光學系

海

沿著海岸的呼喚
我們向南而行
帶著炙熱的念想
往深海裡奔去

我們

你和我之間
眼裡閃爍著
在彼此的血液裡燃燒
灰燼滲入彼此的細胞
產生了不能回甘的苦澀

心

心
從不讓人揣摩
也不讓人知曉
究竟爲誰而跳
爲誰輸送紅色的血

侯昕妤詩選

侯昕妤
廣播電視電影學系

兩位伯爵的對決

柑橘的氣息
配上甘甜的紅茶香
無疑是伯爵夫人首選之愛
佛手柑的香味
配上絕配的特選紅茶
使格雷公爵愛不釋手
也是伯爵們投懷送抱的原因吧

移動城堡

我願意成爲一座城堡
爲你堅守崗位
爲你赴湯蹈火
我願意飛向天空
爲你擋風遮雨
讓翅膀當作雨傘
將我的身體當作避風港
我願意成爲移動城堡
當你需要我時
隨時移動到你身邊
我願意爲你設立砲台

當你被欺負時
這座城堡隨時堅定不移
國王跟皇后都是你
直到你離開

你真的可以大聲難過

爲什麼只能暗自難過
爲什麼只能默默掉淚
難過都已經是那麼難過的事了
爲何還要強迫自己壓抑
嘿 你眞的可以大聲難過
放聲大哭 放聲大叫
或許大聲難過
就再也不難過了

馬育昇詩選

將體驗到的一個感觸，或一個體悟，
用文字與意象，
化作人生的旁敲側擊。
並試著找到共感的你，
療癒內心。

馬育昇
口語傳播暨社群媒體學系

其他的

其他都是零碎的東西
膠帶、筆芯
裁掉的紙
畫歪的線
眉毛刀、書籤
傘緣上的水
拼圖碎片
灰塵
愛

葉片與磐石

愛
像樹林裡的葉片
隨時節而變
在春天的陽光下青翠
在嚴冬中枯萎凋零

愛
像地下的遠古磐石
不如葉子般翠綠
卻穩固平衡
必要時帶來小小幸福

兩者永遠
存在我心中

為了回到鏡子

西裝筆挺
矗立在台北心中
暗夜中舉辦葬禮

我急忙排著隊
將圓盤下壓
卷席般打滾
蜿蜒如蛇鱗

回到房間的孤寂
打開方形的鏡子

雙手向下敲著密碼
扯下濕透的口罩

用不曾露面的臉龐
對鏡中發光的你說
好想見妳

高瑩使詩選

詩，默默進入你的生活，一字一句真真
實實。

高瑩使
觀光學系

入侵

三年了
病毒們迅速地攻下人類的肺部
躲避、防禦、養傷
人們逝去了自由？生活？抑或是其他
的什麼？

用什麼方式

用什麼方式了解一個人
像是花凋謝的時候
夕陽落下之前
用一句簡短的語言回答

鍵盤

現代 殺人的不只有刀槍
人們一鍵一鍵所打出來的字
每一個字都成殺人的武器
不見血的正中心上

莊子欣詩選

以詩代我，碰觸心中最柔軟之處。

莊子欣
新聞學系

拼圖

好幾個碎片終於被拼湊成形
只差最後一片 但缺口完全不一
不能契合 甚至無法貼齊
但你還是拼呀拼 擠呀擠
直到扭曲變形
拼圖又重新碎成滿地

若有來生

我不要當在你必經路旁的那棵樹
我要當你掉進水溝的那隻耳機
成爲你霎時最想得到的東西

或成爲你最愛聽的那首歌
旋律佔滿你的腦海　忘不掉也不願忘記

但還是當你的愛人我最高興
達達的馬蹄　我不必多疑
終會是你回來的聲音

這一時，我穿過山洞口

在上課與下課的交叉點　此時此刻
匆匆忙忙　游刃有餘
歡欣雀躍　漫無目的
人群　各色各樣都有不同的境遇
我穿過洞口　孑然一身

量詞練習——敬橋

一度

可以是氣溫上升一度 或下降一度
不經意地提起 然後告訴你
要加件外套 當然 最好還是我來溫暖你

一度也可以是我一度以爲愛情來臨
一度想像太多 想著我們牽手 然後走到
盡頭

一發

可以是一發子彈 將你的笑容上膛
迅雷不及掩耳 正中我的心

一發也可以是一發不可收拾
那是我對你的心意

一部

可以是一部電影 驚悚到不行
其實我不怕 只是爲了故意靠近你

一部也可以是一步 往前走向你
拜託別退後 那已經花光我所有的勇氣

一碗

可以是酷暑中的一碗清冰
兩隻湯匙 兩顆按捺不住的心

一碗也可以是一晚 星空滿載
終於牽起你的手
說好要一起走到未來 然後我愛你

張洛涵詩選

詩若花，花若世間百愛。
無人能說哪朵最好，是非自在人心。

張洛涵
日本語文學系

夕顏

開在小小的一隅，
黃昏盛開，翌朝凋謝，悄然含英，又
闃然零落，只美在不為人知的暗夜。
你看，月亮終究是要西沉的。
就像是那夕顏，只開一夜的花。

扶桑

一簇火團，不分日夜燃燒著，
大片火紅，包裹著意外纖弱的蕊。
盛放著年輕，不分年年歲歲。
就像她熱情的愛，四季如春。

合歡

合歡樹葉，晝開夜合，相親相愛。
你爲葉，我爲花，花不老，葉不落，
願一生同心，世世合歡。

紫藤

朵朵花墜，燦若雲霞，美麗至極。
卻需纏樹而生，獨自不能存活，
如我爲情而生，爲愛而亡。

鳶尾

盛放在海的那端，如彩虹一般多彩絢爛。
帶著普羅旺斯的自由與光明，暗香浮動。
純眞的、熱情的、開朗的，
希望盛開的鳶尾花，能代我傳達我的心。

迎春

在寒冷中，率先踏出鵝黃的步伐，
似菊花傲霜鬥寒，凌雪競放，
卻淡雅素妝，樸實無華。
憑君與向遊人道，莫作蔓菁花眼看。

附記

白居易〈玩迎春花贈楊郎中〉：金英翠萼帶春寒，黃色花中有幾般。憑君與向遊人道，莫作蔓菁花眼看。

芍藥

世人皆鍾情牡丹國色，
卻不知芍藥也是絕代芳華。
芍藥承春寵，何曾羨牡丹？
要活成自己想要的樣子，
如花在野，溫柔熱烈。

海棠

凌晨四點，我看見海棠花未眠。
幸好思念無聲，否則震耳欲聾，
你抬頭看呀，盛放的海棠，
對你的思念無期，是我寄給春天繪畫的
素材，
鮮花早已開滿了牆，愛戀仍未如願以償。

玫瑰

少女的夢裡，有大海，有日落，
有蟬鳴不止的盛夏和永不凋零的玫瑰。
玫瑰即使枯萎，仍是浪漫的首選，
冬日是永不消亡的羅曼蒂克。
你與玫瑰不同，它是刺，
而你是被我帶刺的保護著。

桃花

春暖花開，一切美好將如約而至，
等來了桃花，卻等不來你，
春來夏往，秋收冬藏，
我們來日方長。
又是三月春風起，期待桃花處處濃。

水仙

愛是一件很美好的事情，
當遇見愛時，全世界都會飄著水仙的
味道。

許云瑄詩選

詩的形式是多元的，詩的意象是跳躍的，詩的態度是平易近人的。

許云瑄
日本語文學系

情

時光深藏著親情
朝露見證了那些曾經
夕陽體會著愛情
呢喃著那些年的點滴
光陰感受著友情
悄悄帶走最深刻的記憶

等待

把心情懸掛在崖邊
分秒難安
我們如此奉獻時間
卻心甘情願
也許無盡
但心裡就是暗自期待

情人節

精心準備的禮物
裡頭盛有巧克力和卡片
漲紅的臉龐
還有害羞的呢語
靜靜的看著一切
今年又是個路人

因為

因爲不想後悔，所以堅持
因爲期許自我，所以嚮往
因爲想要成長，所以學習
因爲不願妥協，所以倔強
因爲白，所以無限

早餐

想像著
優雅的早晨
煩惱著
各式的美味

睜開眼
看了看時鐘
哎呀，又錯過了

許博翔詩選

詩，是不能回憶的過往，更是令人難忘的曾經。

許博翔
觀光學系

太陽

你 就像一顆太陽
溫暖了我的內心
照亮了我的世界
讓我不會在黑暗中孤獨
少了你 我會不知所措
就像一隻離開水的魚

夜晚

人　總是在夜深人靜的時候感到孤獨
結束忙碌的一天
終於可以跟自己獨處
卻又開始胡思亂想
所以夜是如此的美
卻又是如此的惱人

茶・人

一包好的茶葉
不一定會泡出好喝的茶
一包品質不佳的茶業
不一定會泡出難喝的茶
草木間藏著的是　人

郭泓寬詩選

我寫的這些詩，選用的是日常生活隨處可見的生物或物品作為題材，以及一些人跟人之間的感情因素的變化，因為這些東西早已司空見慣，但是當你想要去了解它的時候，又能夠發現那些以前看不到的東西。

郭泓寬
日本語文學系

春

春到來時 一陣暖風
春到來時 花草盛開
奇蹟一般
大地塗上一層綠色

心

我的心很大
能住得了山
能住得了海
能住得了這大千世界美好萬物
我的心卻也很小
容不下一顆沙
容不下不愉快的心事
總要暗自氣惱許久
才能釋然
我的心有時大有時小　你的呢

鳥

體型大　使人恐懼
體型小　惹人憐愛
那清脆的叫聲
雖然吵鬧　卻有著生命的鼓動

郭星暘詩選

因為詩，體現人生活的線索。

郭星暘
經濟學系

過客

陌生的問候
一個笑容都嫌蹉跎
如時間不會爲誰停留
擦身而過　不再重逢

楓

飄落的楓葉
是北風的追求
是秋末不挽留的心意
染紅了 白皚皚的雪地
敲響了 靜悄悄的北地冬季

火柴

唰
這一聲開啓了我的一生
只爲你點燃
轉瞬間熄滅
只求你明白
這是我竭盡所能的心意

陳佳暐詩選

每個人心中，都有屬於自己的詩。是自己寫的，是別人寫的，無所謂，能夠觸動心靈的，就是好詩。

陳佳暐
英語暨傳播應用學系

金魚

在水中逍遙自在
無憂無慮的過著每一天
累了就休息　餓了有人餵食飼料
沒有升學煩惱　沒有工作壓力
在這染缸內
永遠只有七秒的回憶

音樂

吵雜街道 煩躁的心情
疲憊的身軀 在下班的路上
戴上耳機 洗淨一天的不悅
腦袋放空 享受著音樂流動

謊言

說謊 人之常情
爲了應付上司爲了維持人脈
爲了討人開心爲了苟延殘喘
虛僞的面具
藏著無數空虛的內心

陳柏佑詩選

聲優的工作是給角色賦予生命，
新詩的任務是讓作品廣為人知。
聲優的夢想是靠聲音治癒觀眾，
新詩的願望是能讓妳持續夢想。

陳柏佑
財務金融學系

小說

紙上的記錄，
是虛實的交融，
是時空的結合，
是魔幻的領域；
打開書本的剎那，
沉浸在那文字所構築的世界。

午後雷陣雨

一閃而過的光芒，
是夏日的調料。
傾盆的水滴，
是烹調的湯頭。
在室內大鍋悶煮，
燃燒外出的念頭。

菓之四季

櫻餅，用豆沙餡與櫻葉，調和出了初春。
錦玉，在寒天中暢游，散發夏日的清涼。
小栗饅頭，與飽滿的栗子，慶祝豐收的晚秋。
鶯餅，穿上綠衣的麻糬，宣告嚴冬的終結。

陳重樺詩選

不完美在詩中成為美，
悲劇在詩中成為美景。

陳重樺
新聞學系

暗戀

看著妳 或者說 望著妳
望著妳和他聊天嬉戲
望著妳 或者說 想著妳
想著妳和我聊天嬉戲
想著妳 或者說 看著妳

婚禮

我摸著妳的頭髮
妳笑了
我也笑了

婚禮上
他掀起妳的頭紗
妳笑了
我卻哭了

夜晚的景

我喜歡夜晚的風景
不夠亮 看不清妳
不夠亮 不敢碰觸妳
看不清也不敢碰觸
所以不知道妳早已不在那裡

視角

望著遠方
我往下看

望著夜景
我往下看

望著夜空
我往上看

望著星星
我往上看

望著地面
他在那

曾經

她說「我們認識那麼多年了」
她問我「你有沒有曾經喜歡過我啊？」
我說 不只曾經
我說「沒有」

菸

前頭的光不是希望
飄起的煙不是方向

吞雲吐霧
一團團烏雲是惆悵
把悲傷
留在燃燒殆盡之下

地球不會嫁給月亮

已經不知道腦海中出現過幾次
幾次妳嫁給別人的模樣

感覺自己是月亮　而妳是地球
雖然我一直都在身邊
但我們始終不會在一起

妳始終以太陽爲中心
我頂多掀起妳的潮起潮落

明明我們靠得更近

但是距離不等於引力

我被妳牽著
但拉住妳的人依舊是他

或許我們注定不在一起
但至少我還能佔有妳的夜晚

四季

春天
瀰漫著的玫瑰香
不是春季盛開的花
而是妳四溢的髮香

夏天
妳依偎在我的肩
我們間的體溫
比酷暑更炎

秋天
落在妳頭上的葉半綠半紅
變色的不只是楓葉
還有妳泛紅的臉

冬天
我將外套覆於妳
雖然冷風刺骨
但妳的微笑比太陽暖心

星

一顆一顆在夜空閃耀的光點
點綴著只有孤獨明月的畫布

看夜空
看星星和月亮

但星光卻可能是已燃燒殆盡的星球

燃燒自己
點綴最美的夜空
燃燒自己
襯托月明

默默的
在殆盡後才被看見

永遠

一直不知道什麼叫永遠

直到
我從那渺小的銀色圈圈間
看到了未來

我想
妳跟我
就是永遠

陳晧宇詩選

欲從感情方面讓現代的人體會詩的意涵，使他們慢下腳步，品嘗文字之美。

陳晧宇
社會心理學系

綠意

離開都市的喧鬧，
投入自然的懷抱。
放下手中的尼古丁，
吸收林間的芬多精。
猛然發現，
綠意才是我所嚮往的景色，
我站在雲林，打著魚，
儘管頭在暈，
至少笑容不曾脫離我的臉龐。

兩條線

回想，
檢測用的那兩條線，
是令人雀躍的，
預示著生命的可能。
回神，
檢測用的那兩條線，
是令人絕望的，
預示著生命的流逝。

衣吊

母親手中的衣吊，
總是在孩子耍寶時登場，
是爲了不讓他變成無可救藥，
這是只有
自己手上也拿了衣吊後，
才能體會的領悟。

陳琦聿詩選

詩就像是吃餃子時的醋，雖不是最必要的，但卻是不可或缺的。

陳琦聿
口語傳播暨社群媒體學系

深情

世代遞進　速度漸進
君一席深情　問誰能領情
牽手不易　交心更疑
肉慾的流動　促使心空虛
問天情深何許　他說暈船而已

傘

我是不輕易開花的苞
唯有接受甘霖洗禮
才在上天恩澤下綻放
瞬間燦爛了大街小巷
到哪都能看見
我如滿月嬌俏的模樣

舞者般旋轉著
與墜落凡間的星辰共舞
待一曲終了
翩然退下舞台
沒有過多留戀
靜待 下一次粉墨登場

疑問

沉溺在藍色的憂鬱裡　看著
默劇喧囂的黑色幽默
不能紓解的情緒
是壓抑已久或無病呻吟
解釋太過蒼白　翻開百科全書
答案仍尚未收錄

游宜真詩選

現實生活、內心澎湃時

游宜真
傳播管理學系

字裡行間都有你

我將一個女孩的眼淚藏進了段落
他潤濕故事裡的每個字句
我告訴他那不是獨有的情緒
我可以陪你走完這些經歷
當你的句號

愁

殘月滲進了窗，舔著桌上的墨
淚水不是孤寂，是深永的困
淚花滴入了眼，磨著台上的燭
淒美不是離別，是長久的悲
悲與困，皆是我的愁

浪漫的日子

我們總在
搜尋著日子裡細碎的美好
品嚐那些無人問津的浪漫
或是天邊那朵雲、或是路邊的晚風
或是一餐又一餐
你的頭頂陽光正好，
並沒有什麼理由難過

青春

是飛揚的裙擺
是卷起的衣角
是迴盪在走廊的讀書聲
是紅操場上迎面而來的微風
是一場不需要的邂逅

一年四季

是春風吹不完的晚風
是野火燒不盡的野草
是秋日落滿地的金黃
在愛與深愛間
用力的吶喊
無人傾聽

荒蕪

我的心裡本是一片荒蕪
後來你來了
帶來狂風暴雨
也帶來烈日流雲
那裡長出了草也開出了花
開始對這個世界有所期待

黃靖紋詩選

寫詩、感受，在喧囂的時刻，靜靜冥想，詩是痛苦唯一解藥。

黃靖紋
日本語文學系

五月雨

水珠墜落
用花瓣在濘地上
排出一首又一首
潮濕的情詩
五月溽暑的雨
每一場都與你無關

寂寞是孤獨的

寂寞是孤獨是孤獨的
寂寞在理性的人身上找不到歸宿
總在它來時
猛烈推開
拒絕買單

寂寞在感性的人身上找到寄託
總在它來時
細細品嚐
享受餘韻

兩種人　兩種情
沒有統一的結局

寂寞仍是孤獨的

半夏

當我們初相遇
天空下著雨
你的身影在人群中總是那樣清晰
你側臉輪廓映入眼底侵入我的心
我的眼眸不離不棄跟隨著你
再也沒有退路

就像太陽追隨夏至找尋北緯23.5度
我也想追逐末路和你白頭入土

落花有意　流水無情
等半夏的葉落地
我知道在你心裡沒痕跡

附記
半夏原是一味中藥，藥性涼，生於夏至前後。夏天也過半，故稱半夏。

餘震

那天
你向我告別
我的心房分崩離析　拼湊不起
往後每次的思念
都是餘震

小巷

昏暗染著微亮燈光
走在小巷
噠噠　不清楚
走在腳下的
是那條巷子
還是通往你內心唯一的路

聖誕襪

聖誕節的聖誕老人
我沒有裝扮聖誕樹　也沒有掛上聖誕襪
聖誕襪能裝下願望和滿心期待

對我來說
聖誕襪太小
裝不下一汪大海　一片星辰　一片宇宙
我的摯愛

所以我只想要一場夢
夢裡　他一切安好

紅血球

熾熱　必需
流淌在你身體的紅色小珍珠
滑過你血管每一個角落
沒有我　你的生命將走到盡頭
我是活在你血絲裡的細胞

烏雲

你心頭上的烏雲
有時我會因它而開心
代表我將要去到你身邊
爲你撐傘　對你訴說
我陪你等烏雲散去
散不去　就陪你在雨中等

有時我會因它而難過
擔心耽誤太久 擔心那烏雲
讓你忘了晴時的天空
讓你向我的方向來
卻找不到我
而我的傘和人
都將因此難過

燈火闌珊

惱人的梅雨季
在夜晚下著　下著
感覺特別冷

多麼希望在夜深人靜午夜的雨裡
有一盞路燈
你撐著傘　殷切期盼

附記

辛棄疾〈青玉案・東風夜放花千樹〉詞中：「眾裡尋他千百度，驀然回首，那人卻在燈火闌珊處。」

地雷

作戰時
埋在地下
走過即爆炸

戀愛時
埋在心上
那些你遺留的
每看一眼
都是萬劫不復

換季

春夏秋冬　四季更迭
春來冬去　夏離秋至

換季是季節的變化　衣著的變化
也是愛的變化

時刻到之時　消散之時
庫存的愛出清大拍賣
過季的愛塞進衣櫃角落

換季是季節的變化　衣著的變化
也是愛的變化

楊子意詩選

詩，每個人心中都有一首詩，
透過詩，能接觸到更多不同的心。

楊子意
資訊管理學系

雨聲

如果說
貝殼是海浪的傾聽者
在夜晚
聽海洋哭訴

那 雨滴
是否也希望人們
稍稍停下腳步
聽她無盡的孤獨

星期五

疲憊已累積四天
眼睛佈滿微紅血絲
每天長達八小時的工作
外加兩小時通勤
累垮我的身體

學習　學習
不要忘記
主管的叮嚀
已成腦內回音

原本背負著疲倦的心
卻因爲唯一的小確幸
恢復全部的HP
這就是
禮拜五的增益咒語

貓咪

有人說
寵物或許只是你人生中的過客
但對他來說
我卻是整個「人生」

我的貓咪
玩著她秋刀魚造型的玩具
有時調皮地用小手
搶走我的鮭魚
這一切的日常
卻在十六年的壽命盡頭
悄悄消逝

但生命需要繼續
希望妳在沒有疾病的世界
也過得開心
不要忘記　妳也永遠在我心裡

愛情的相遇

第一次相遇
體會到什麼叫愛情
是內心的悸動嗎？
還是化學反應？
隨著沸騰的血液
一跳一跳
我的心
也隨著你跑

虞凱雯詩選

詩不僅僅是一種文學形式，更能看見一個人的內心世界，將對日常生活的體悟、心路歷程轉化為文字，藉此抒發情感。

虞凱雯
英語暨傳播應用學系

教室

教授聲如洪鐘的嗓音環繞四周
舊式冷氣發出的巨大聲響
筆與紙相互摩擦的沙沙聲
連續不間斷的打字聲
還有那再熟悉不過的叮咚訊息聲
各式聲響出乎意料和諧又完美地交織
在一塊

小視窗裡的大世界

一格格的黑白底片
乘載著無數的日常
在某條街道、某個轉角
只要輕輕按下快門
剎那的美好變作永恆

明信片

乘載滿滿的祝福啓程
飛越幾千公里
在旅途中流浪
抵達新家
陌生人對著我微笑
我的任務　完成

熊崇宇詩選

熊崇宇
廣播電視電影學系

詩，生活所見，有感而發。

廢氣

在工廠上班的人們裡
抽菸的工人也像一棟棟工廠
排放著廢氣

雨

窗外下著的雨，
某些時候，也會讓人心裡也下雨。

記憶

記憶是痛苦的根源，
有時健忘，才是快樂的來源。

趙昱涵詩選

趙昱涵
圖文傳播暨數位出版學系

詩，無處不在。
看的見、
摸的著、
嗅的到，
由心而出。

穗月

在稻田間我像一粒米渺小又不足爲奇
但我卻是農民淬鍊的果實
群體間
千千萬萬個我
養活了數以萬計的人們

迷惘

我安放於沒有指南
在河中的木舟
不知能否像塑膠袋一樣
隨處漂泊
躲過海水的侵蝕然後
抵達我所在的海域最後
來到我的地區
啊多完美的邂逅
可命運施下魔咒
最後只剩下一片
木板
在漂流
告訴我
怎樣才能夠
將自己
於無所希望中
拯救

燕子

剪開春天的帷幕
生命集體上路比翼雙飛的燕子
一來一往
爲的是蓋間茅草屋雙飛的燕子
圍繞在孩子們身旁成天從外飛回哺育窩
中的雛燕三五成群的
在喧騰的氛圍裡幸福地依偎
雙飛歸來的燕子身旁

潘昱嘉詩選

詩，沉靜心靈，與自己共處。

潘昱嘉
傳播管理學系

午夜

獨自閃爍的路燈
貓咪
發光的瞳孔
瘸子
隨地堆積的垃圾與吠聲
電線杆旁的醉漢便溺
回收的老太婆還推著推車
這裡沒有夜歸人

憂鬱

你看著哪些如同火如同子彈如同火藥如
同鋸子
一些能夠穿透骨骼與肌肉的
我不能夠將我的槌子砸入你的腦袋
也不能夠叫醒你
於是我是毫無意義的存在
這會是你最需要的

梅雨季

只剩路燈及雨聲
凌亂的陽台
燒紅的香菸
我抽一口
風抽一口
我沒有責怪風
可能風也有心事吧

抓交替

雨是天空的死亡
海承接了天空
夕陽也死在海中
蒸發成晚時五色氤氳
接著一切都死在海中
散在海中
散在海中成魚蝦吞吐的氣泡

咳嗽

要緊緊地咬住
韁繩綁著一萬零六匹的野馬奔騰
明知道會失去的
卻還是一廂情願地簒在手中
用斧頭鐮刀電鋸
用力地砍下來就萬事如意
卻還抹上指甲油

靜

嘲笑與悲傷
不甘與羨慕
把所有的東西都扔進海裡
一切就歸於虛無
天空破了洞也無所畏懼

規律

該睡覺的時候吃飯
該吃飯的時候工作
該工作的時候想著星星
該看星星的時候睡覺

需要逃避的時候逃避
需要嘔吐的時候嘔吐

貪心

我也喜歡藍色的天空與天空的藍色
但星星與藍色不能兼得
他說浪費時間是不好的
我總該在藍色與星星中間挑選

靈感

星期二的上午我與糾結的毛髮凝視著
咖啡
不喝咖啡的我加了三匙黑糖
線條無序地扭轉
客廳沒有鍵盤與筆
所以什麼都沒有

白紙上沒有黑字
我向沙發的右側躺下，腳向左
向沙發墜落

空

夜晚　眼神　生活
整個城市的人都感動得很輕易
那種扁平而膚淺的感動氾濫在生活中
深山的住民不會因爲星星而感動
因爲星星就在那裏
而他們到了深山　對著銀河拍照
因爲他們很少看到星星
正因爲我們很空
所以多愁善感
這本應是悲傷的事

蔡沛珊詩選

以詩為友，可抒情，
詩為人分擔憂愁與喜悅。

蔡沛珊
口語傳播暨社群媒體學系

勇敢

遇見你之前
都會把繩子丟下才往下爬
這樣可以穩穩地　妥妥地降落
遇見你之後
卻把自己繫在繩上丟了出去
著陸的時候其實也沒有受傷
只是變勇敢了

這一時，我穿過山洞口

入口
把希望放在那
盼想回頭時還能看見
在陰鬱裡　蜿蜒
剎見一束光
微微隱在前方
好遠　好遠
是伸手不可及的
沒有忘了放在洞口的東西
卻更嚮往前進

青春

是無懼是衝動
無法言語的是悸動
經歷的過程終究會成蝶
帶著我們往更高的山頂飛
回頭看上山的路
是青春

過力

想讓你離開我的腦海
卻又捨不得
所以在忘記你之前
我要先好好的記得你

只不過
我好像太用力了

童年

牙牙學語的爬行
眼中的一切都是新知
田間的蝴蝶
潺潺的溪流
是日漸稀少的景象

幸好這些美好的事物
都依存在腦中

蔡依軒詩選

寧靜的夜，
悄然靜謐。
思緒雜亂的清晰，
是夜需邀功，
還是寂寞糾纏？

蔡依軒
新聞學系

憶

七十億分之一的機率
不要將我當成回憶
不要輕易抹去海馬迴里的印記

與你相遇
即使終究要向著離別奔去

回來吧

擦身而過的花香
過眼雲煙的春風
四季悄然到來又黯然走了

回來吧
我會留在原地等
傷口不會隨著時間痊癒
反覆撕裂
結痂
再增生

春天到了
雪融了
結冰了
又走了

看著你的男孩，請多指教

人聲鼎沸喧囂
煙霧繚繞
小心呵護著啊捧在掌心
唱著華麗介紹詞
混著的瞳孔，閃爍
女孩眼裡的男孩
眼裡裝著的
是另一頭的男孩

熟悉或陌生

若即若離

謝旻蓁詩選

筆尖的光痕、力度，穩住氣息，讓思想間的文學，緩慢的注入字裡行間，抒發內心的力量。

謝旻蓁
新聞學系

老房子

老舊的懷錶
隱身在時光中
掉了漆的
斑駁了的
那面牆
我們能穿越時空嗎？
這裡的氣息
試圖告訴人們
謹記歷史

偽家人

雨下得很大
卻沒帶傘
想要搭公車
卻沒帶錢
鉛筆盒很大
卻沒有黑色原子筆
失戀難過想哭
卻沒衛生紙
這些沒有，沒關係
至少我有你

心動

爲了找回
遺失的那一拍
求醫過
占卜過
卻毫無線索
某天
你路過
我的眼角餘光落在了
我遺失的那一拍
那是心動

海

深度漂浮
斜視陽光照射下浮出的
海的影子
由點連成線
最後形成海平面
藍色是你的代表色
不管如何
你是水歸根落葉的家

面具

聽指令
擺動作
此刻是笑的
此刻是憤怒的
不容許做的不完美
不容許有自己的情緒
僞裝　我們活得像面具

鍾壹善詩選

短的新詩，隨和，微悲觀，審視自我
心態，建言，近年現況，發生時事，
自由翱翔於天空中的岩鴿。
尋求使自我心靜之地。
尋求溫暖安逸的生活。

鍾壹善
資訊管理學系

這一時我穿過山洞口

我穿過山洞口
如初來乍到這世上的小鴨
踏進一片秘境
腳尖 微微的顫抖
步伐 如此的沉重
一切 多麼的新奇

隨便

不是嫌麻煩
不是拒絕
而是
對自己的意見
沒有信心罷了

貪婪

猶如夏日甜美的果實
如此的誘人
猶如運動過後的飲料
如此的爽快

當下可否知道那背後
可能會帶著往後餘生
無法抹去的傷痕
正慢慢
侵蝕著那顆
原本純眞善良的心
失去了本性

鍾慧蓁詩選

心境、心靜，所以有詩。

鍾慧蓁
財務金融學系

舞

蝴蝶在屋頂上跳舞
左右擺動的雙手成了舞伴
觀望著底下的唉聲嘆氣
噗哧　笑出了聲　擺擺頭

鏮啷　腳邊的酒瓶　打斷了舞曲
噗哧　笑出了聲　擺擺手
隨著臉頰上滑過的水珠
繼續跳著

巷

沒有門
沒有窗
又彎又長
直通四面八方

我拿著舊鑰匙
敲著厚厚的牆
口袋中金屬的碰撞聲
卻格外刺耳

似

愛情竟如此純潔、火熱而又殘酷
如蜿蜒的河流純淨
如爐上的火焰燃燒
如空中的雪花消逝
持續在你我之間奔湧

編後記

李滎縈

我第一次接觸新詩是在剛升上高中沒多久，當時完全不懂什麼是新詩，懵懵懂懂、無知的以爲新詩也要像近體詩那樣，要求平仄、對仗，覺得新詩也會是個無聊枯燥的東西。當時的國文老師，在因緣際會下跟我們介紹了卞之琳老師的〈斷章〉，那是我第一次知道，原來新詩可以用看似簡單的幾句話，組成一個讓人能反覆咀嚼，而且每次都會有更深的認識、更不同的感觸的句子。因爲這樣的淵源，在升上大學後，我選擇了新詩課程，也正是在這樣的因果下，當上蕭水順老師的課代。

學期的開始，蕭老師就告訴我們，這學期總共要自己寫出十二首的新詩，並且在學期結束後會整理編輯成一本書，我當下其實是又驚又喜的，因爲雖然寫詩對我而言就只是個業餘興趣，平常主要是當成一個情緒的出口而已，我是從來沒有想過要出詩集，或是眞的把自己的詩投稿到任何的比賽上，我的詩大多是寫給自己看的。但卻能在這次的課程之後，得到一本有自己的新詩在內的「自己的」書，就特別的期待期末出版後，成品會是如何，我人生的第一本書又會是長成什麼樣子？

我自己其實很久沒有這麼頻繁的寫詩，畢竟平常只把詩當作情緒出口，就不會特地要求自己一定要寫出幾首詩。只有在心情不好的時候，把當下的感受用詩的樣子記載下來。當開始要求自己一定要寫出詩後，蠻常因爲當下並沒有什麼情緒而缺少靈感，也因此我開始嘗試更多不同的方向去撰寫，不再侷限在單純的抒發心情。嘗試在文字上做一些拆解重組，因爲是第一次嘗試，所以手法有些拙劣，不過正是因爲老師要求我們寫詩，才推動了我去做我不曾考慮過的作法。

這學期的課程，蕭老師也帶我們更深入的認識詩，從詩的結構到詩的內容甚至是詩單純的文字本身，讓我們從最表面一直深入探討到意涵，說是獲益良多我都覺得不夠，更像是直接幫我們開通了一條通向詩的新世界的道路。老師其中的一堂課就說到，詩就在我們的日常中，這我非常的感同身受，我寫詩的靈感也幾乎都從日常生活中出現的。很多人會說「人生如戲」，我更喜歡說「人生如詩」，今天跟明天的夜空，都會有完全不一樣的感觸，各會形成截然不同的一首詩。

除了單純的詩的內容，蕭老師也在課堂中讓我們實際的從日常中作一首詩，這首詩名叫做「這一時，我穿過山洞口」，因爲我們世新大學的入口正叫做山洞口，所以這短短的一句話就有了非常多不同的解釋空間。看到每個同學都用著這短短的一句話詮釋出完全不同的詩，也讓我更加了解到，詩就是這麼的奇妙，從一句話就可以發展出千萬種不同的組合，只因爲每個人都有不一樣的故事，這個實作練習完全體現了詩的曼妙。

在接到老師請我當主編的通知時，其實我是有點受寵若驚，畢竟主編並不是隨便的一個工作，何況我都沒寫過書了，又怎麼可能當過編輯呢？不過因爲老師吩咐我擔任這個重任，那我當然就誠惶誠恐地接下了。一瞬之間突然身負重任，其實是有些害怕自己會做不好的，不過蕭老師跟張晏瑞總編輯都非常有耐心的教導我如何做這個工作，總編輯甚至還帶我親身去體驗了書籍編輯的過程、校稿的流程等等，讓我更了解整個工作的內容，反而讓這個重任不再令人惶恐。

緣分眞的是一件非常奇妙的事，我因爲對於詩的興趣選擇了蕭老師的課程，除了在課程學到了許許多多關於詩的內涵，體會了許多撰寫詩的方法過程外，還在因緣際會下當上了主編。這些都是我不曾想像過會體驗到的經歷，一個大學生當上一本書的主編，而且這本書還是經過蕭水順老師挑選，我們每個學生創作的精華，有多少的人能有這樣的經歷呢？想必一定很少。「人生如詩」，也許這就是我能遇到這麼多貴人的原因。這本書是我們世新學生每個人故事的總和，也會是我這輩子最深刻且難忘的一段旅程。眞的非常感謝蕭老師讓我參與這次的編輯，也萬分的感謝總編輯耐心的輔導及協助。

世新大學新聞學系學生　李榮縈　誌於
二〇二二年七月二十四日

國家圖書館出版品預行編目(CIP)資料

世新新詩葉 / 蕭蕭, 李榮槳主編, 陳重樺編輯.
-- 初版. -- 臺北市：萬卷樓圖書股份有限公司, 2022.08
面； 公分. -- (文化生活叢書. 藝文采風；1306036)

ISBN 978-986-478-715-9(平裝)

863.51 111012597

文化生活叢書・藝文采風 1306036

世新新詩葉

主　　編	蕭　蕭　李榮槳	發行人	林慶彰
編　　輯	陳重樺	總經理	梁錦興
責任編輯	張晏瑞	總編輯	張晏瑞
助理編輯	陳宣伊 田芷瑄	編輯所	萬卷樓圖書（股）公司
		發行所	萬卷樓圖書（股）公司
排版設計	菩薩蠻數位文化有限公司	電　話	(02)23216565
封面設計	菩薩蠻數位文化有限公司	傳　眞	(02)23218698
		地　址	106臺北市大安區羅斯福路二段41號6樓之3
		電　郵	service@wanjuan.com.tw

ISBN 978-986-478-715-9（平裝）

2022年8月初版

定價：新臺幣280元